Primo Levi

AD ORA INCERTA

不定的时刻

莱维诗选

[意] 普里莫 · 莱维 著
武忠明 译

中信出版集团 · 北京

目
录

辑一 不定的时刻

辑二 其他的诗

辑三 未结集的诗

辑一

不定的时刻

在所有文明中，即使是无文字的文明，有许多人，或有名或无名，自感需要用诗歌表达自身并委身其中，于是他们分泌出诗的物质，对自己、邻人和宇宙说话。这些诗的物质，或浓烈或黯淡，或短暂或长久。诗歌必定产生于散文之前。我们谁不曾写过诗呢？

我是一个人。我也会在“不定的时刻”，屈服于这种冲动，仿佛是遗传基因使然。在某些时候，较之于散文，诗歌更能理想地表现思想或形象。我说不出为何，也从不为此挂心：诗学理论我所知寥寥，他人的诗歌我亦涉猎不多，我不信仰艺术之神圣，也不认为我的这些诗有多好。我只能向未来的读者保证，这些诗都是我的产物，在罕有的时刻（平均每年不过一次），它们渐渐地自然成形，使我理性的另一半感到新奇不已。

普里莫·莱维

1984 年

给露西娅[1]

1 露西娅·莫帕戈（Lucia Morpurgo，1920 年 6 月 14 日—2009 年 6 月 14 日），莱维的妻子，两人于 1947 年结婚。——中译注（本书注释均为中译者注）

克列申扎戈[1]

也许你从来想不到，

太阳照常在克列申扎戈升起。

它升起，看能否找到一处草地

或山峦、森林或湖泊；

却未找到。它用丑陋的脸

吸走干枯的纳维戈里奥运河[2]中的水气。

激荡的风跃出群山，

自由疾驰在无尽的原野。

但一发现这里的烟囱，

风顿时卷起尾巴遁逃，

因为烟浓黑且有毒，

风害怕会瞬间窒息。

老妇人坐着打发时间
数着落下的雨。
孩子们的脸色
犹如街道上的死灰。
这里的女人从不歌唱，
可电车却殷勤、刺耳地尖啸。

在克列申扎戈有一扇窗
窗后站着一位面色苍白的姑娘。
她总是右手握着针线，
缝缝补补时总是盯着钟表。
薄暮时分列车呼啸而去，
她叹息又哭泣，而这就是她的生活。

黎明时分响起汽笛声
他们爬下乱糟糟的床，
来到大街上，嘴里塞满食物，
眼神麻木，耳朵嗡鸣；
他们给自行车打上气，

点上半支烟。

从早到晚他们劳作不休，
开动气喘吁吁的黑色压路机，
整日定睛注视着
表盘上的刻度，双手颤抖。
周六晚上他们在沟渠里做爱，
旁边是修路工的房屋。

克列申扎戈，1943 年 2 月

---

1 克列申扎戈（Crescenzago），位于米兰市郊区，莱维曾在这里一家瑞士制药厂工作，参看《元素周期表》中《硫》一章。

2 纳维戈里奥（Naviglio）运河，流经米兰市。

布纳[1]

残损的脚和遭咒诅的土地，
一道长线在灰色早晨。
布纳从一千个烟囱中冒烟，
一天等着我们就像每一天。
破晓时可怖的汽笛声：
“你们面目死灰的众人，
在单调恐怖的泥泞上
诞生了苦难的又一天。”

衰竭的同伴，我在心里看见你，
我读懂了你的眼睛，悲痛的同伴。
你胸中满是寒冷饥饿与空虚。
你内心仅存的勇气也已破碎。

苍白的人，你曾是个强壮的男人，

一个女人曾走在你身边。

空洞的同伴，你已不再有名字，

遭弃的人，你已不再有眼泪，如此贫乏你不再痛苦，

如此疲惫你不再恐惧，

被耗尽的一度强壮的人：

假使我们重逢

在上面美好的世间，在日光下

我们将以何面目面对彼此？[2]

1945 年 12 月 28 日

1　布纳（Buna），即莫诺维茨－布纳，或称奥斯维辛三号集中营，位于莫诺维茨（Monowitz），由纳粹德国最大的化学公司 I.G. 法本公司建立，负责生产被称为“布纳”的人造橡胶与汽油，占地三十一平方公里，前后共有大约三万五千名囚犯在此干活（多为犹太人），负责挖煤、水泥和橡胶生产等。实际上，由于工人怠工和盟军轰炸，这种橡胶从未被生产出来。奥斯维辛二号（比克瑙）的医生会按时到访这里，将不能工作的人送往毒气室。莱维曾被囚禁于此干活。

2　参看但丁《神曲·地狱篇》第七篇，那些易怒的鬼魂陷在污泥中，悲叹道：“我们在世的时候，那里空气温和，阳光普照，但是我们与人落落寡合，心中藏着一股火气；现在我们惨淡地没在黑水污泥之中。”（王维克译）

歌唱[1]

……可当我们开始唱起
那些美好、愚蠢的歌，
仿佛恒常事今又再行，
万事万物重回从前。

一天只是一天：
七天组成一周。
杀戮，于我们恍若恶事；
死亡，已然遥远。[2]

岁月匆匆流逝，
可仍有如此多在我们面前！
我们重又变回年轻人：

不是烈士，不是恶徒，不是圣人。[3]

只要我们开口唱，

凡此种种就会走进脑海；

但它们像云一样，

难以描述。

1946 年 1 月 3 日

1 参看西格夫里·萨松（Siegfried Sassoon，1886—1967 年）写于“一战”结束时的反战诗歌《众人齐唱》：

众人忽然放声高歌
我满怀欣喜
恰似囚鸟获自由
狂野地展翅，飞越
白色果园和浓绿原野，
飞啊飞，直到消失于视线

众人歌声突然高扬
美如落阳来临
我心颤动眼泪满眶，而恐惧
销声匿迹……而众人
成了鸟儿，歌无以言表
永远唱不完。

也可参看莱维著作《这是不是个人》中《那三个人去实验室》一章：“这三个姑娘唱着，仿佛全世界所有实验室里的姑娘都在唱。”（沈萼梅译）

2 参看《这是不是个人》中：“杀戮和死亡对我来说仿佛是写在书上的陌生之物。”（沈萼梅译）

3 参看莱维著作《元素周期表》的《铬》一章中：“写作时，我找到了一种短暂的平静，感到自己又变成了一个人，像每个人一样，既非烈士，也非恶徒，也非圣人，就像一个刚刚成家的人，面向未来而非过去。”

1944年2月25日[1]

我想要相信，

是死亡之外的某些东西毁了你。[2]

我想描述那种力量，

那时我们曾凭靠它来渴望

(我们已淹没)

渴望能再次一起

自由行走在日光下。

1946年1月9日

1　莱维研究专家汤姆森（Thomson）称，这是诗人悄悄写给芳达·玛斯托（Vanda Maestro）的一首情诗。芳达·玛斯托曾在都灵大学学习化学，与莱维一同被捕。在被运往奥斯维辛集中营的路上，莱维与她坠入爱河。1944 年 10 月 30 日，她死于奥斯维辛集中营毒气室。

2　参看但丁《神曲·地狱篇》第三篇第五十七节："若非亲眼看到，我绝不相信死神已经毁掉了这么多的人。"（田德望译）以及 T. S. 艾略特的长诗《荒原》中《死者葬仪》一章中："我没想到死亡毁坏了这许多人。"（赵萝蕤译）

乌鸦的歌（一）

“我从远方来
带来坏消息。[1]
我飞过高山，
穿过低云，
我的肚腹映照在水塘。
我不停地飞，
不停地飞了一百里，
为了找到你的窗户，
为了找到你，
给你带来悲哀的消息，
这消息将夺走你睡梦中的欢乐[2]，
染污你的面包和酒，
每夜停坐在你心上。”

它如此唱着，卑琐地舞动，

在窗玻璃外，在雪上。

歌声止歇后，它邪恶地张望，

用鸟喙在地上刻出一个十字架标记，

然后大大张开它的黑色翅膀。

1946 年 1 月 9 日

1　参看《这是不是个人》中《医务室》一章最后一段："我们再也回不去了。任何人不应该从这里出去，因为他会带着刻在肉体上的印记，把这里邪恶的坏消息传递给世界，告诉人们，在奥斯维辛，人得有多大的勇气才足以把人糟践成这样啊。"（沈萼梅译）

2　参看《这是不是个人》中《劳动》一章："一个痛苦的核心凝结，刺痛着我们，疼痛急剧增长，直到跨越意识的门槛，剥夺了我们睡眠的乐趣。"（沈萼梅译）

施玛篇[1]

你，安全地生活

在你温暖的屋里，

晚上回到家看到

热饭与亲切的脸：

想想这是不是一个男人：

在泥泞中劳役

不知安宁为何物

为半块面包而争斗

死于一个“是”或“否”。

想想这是不是一个女人：

没有头发没有名字

没有多余力气去回忆

眼睛空洞子宫冰冷

像冬日里的蛙。

想想这些已然发生过：

我将这些话托付予你。

将它们刻在你心上

当你坐在屋里或走在路上，

在你躺下或站起：

要向你的孩子反复念起。

不然，愿你的房屋崩塌，

疾病致你无力，

你的后代把脸转离你。

1946 年 1 月 10 日

1　这首诗原题为《赞美诗》，作于纽伦堡审判期间，后用作《这是不是个人》的开篇题诗。

施玛，希伯来文"Shemà"，意为"听"，犹太教祷文的第一个词，申述对上帝的笃信。摘取其中片段：

你要尽心、尽性、尽能爱耶和华你的神。
这些话我今日告诫于你，你当存记于心。
你当殷勤地教给你的孩子，说起这些话
不管是坐在家里，走在路上，
躺下或站起。
这些话要像印记一样与你的手联结，要成为你双眼间的饰品。
你要把它们写在你屋的门柱上，你的大门上。

起床号[1]

在那些残酷的夜里我们常常做梦
稠密而狂暴的梦，
用灵魂和身体去梦见：
回家；吃饭；讲述。
直到破晓时响起
短促而低沉的号令：
Wstawać；
而心在胸中撕裂。

如今我们又找到了家，
我们把肚子塞满了，
我们已讲完这一切。
是时候了。很快我们又会听到

那陌生的号令：

Wstawać。

1946 年 1 月 11 日

1　Wstawać 是波兰语，意为“起床”。这首诗后用作《休战》（1963 年）的开篇题诗。在《这是不是个人》的《我们的长夜》一章中，对于该诗主题有更详细的描写：

> 经过整宿的困倦、不眠、交替的噩梦，随时期待又惧怕起床时刻的到来：尽管没有钟表，我们运用很多人所熟知的神秘能力，能十分近似地预测到敲起床钟的时刻。起床的时辰随着季节的不同而有所变化，但总是在黎明之前。这时，操场的钟声久久地回响着，于是每个棚屋夜间的值岗卫兵下岗了：他打开灯，站起来，伸伸懒腰，发出每天的指令：“Aufstehen”（起床），或者经常用波兰语说：“Wastawać”（起床）。
>
> 很少有人在等下起床令时还睡着：那是十分难受的时刻，因为睡得很沉的人在接近起床的时刻是难以消除睡意的。夜里值班的卫兵知道这个道理，因此他宣布起床时不用命令的语气，而是用平和而又低沉的声音，仿佛他知道所有的人都竖起耳朵听着，他们会听到命令，而且会服从。
>
> 这句外国话就像石头一样落在大家心灵深处。“起床”：暖和的被窝虚幻的屏障，睡眠脆弱的盔甲，抑或折磨人的夜间的外出方便，都支离破碎地纷纷落在我们周围，而我们发现自己无奈地重又醒来了，令人难以忍受地赤身露体，脆弱地任人凌辱。日复一日，这一天又开始了……（沈萼梅译）

周一

有什么比一列火车更悲哀？
它必须按时离开，
只有一种声音，
只走一条路线。
没什么比一列火车更悲哀了。

或许一匹拉车的马除外。
套在两车杆间，
甚至不得旁顾。
它的一生就是行走。

而一个人呢？一个人不悲哀吗？
倘若他长久活在孤独中，

倘若他相信时间已终结，

一个人也是个悲哀的东西。

1946 年 1 月 17 日

又一个周一

“我告诉你谁会下地狱：
美国记者，
数学教师，
参议员与教堂看守人，
会计和药剂师
（若非全部也是大多数）；
猫，金融家，
董事长，
无须早起
却早起的人。

“而这些人会上天堂：
渔夫和士兵，

当然还有婴儿，

马，情侣，

厨师和铁道工，

俄国人和发明家；

品酒师；

杂技演员和擦鞋匠，

搭上早晨头班车

在围巾里打哈欠的人。”

米诺斯就这样可怕地龇着牙[1]

在米兰新门[2]用扩音器咆哮，

它在周一早晨的痛苦，

不曾经历的人无法理解。[3]

阿维利亚纳，1946年1月28日

---

1 参看但丁《神曲·地狱篇》第五篇第四节："那里站着可怕的米诺斯（Minos），龇着牙咆哮：他在入口处审查罪行，做出判决。"

2 米兰新门（Porta Nuova）指米兰市的一座城门及其周边城区，兴建于1810—1813年的拿破仑时期，其风格为爱奥尼柱式凯旋门。

3 参看但丁《新生》第二十六节中的诗《如此温柔》中："没有经历的人却懵懂不知。"（田德望译）

仿里尔克[1]

主啊，是时候了：酒已发酵。
是该有个家了，
或将长久无家。
是该不再孤独了，
或将长久孤独：
我们将耗费时辰在书上，
或写信给远方，
出自孤独深处的长信；
我们将徘徊着穿过街道，
心绪不安，当树叶落下。

1946 年 1 月 29 日

1 参看里尔克《影像之书》中的《秋日》一诗：

主啊！是时候了。夏日曾经很盛大。
把你的阴影落在日晷上，
让秋风刮过田野。

让最后的果实长得丰满，
再给它们两天南方的气候，
迫使它们成熟，
把最后的甘甜酿入浓酒。

谁这时没有房屋，就不必建筑，
谁这时孤独，就永远孤独，
就醒着，读着，写着长信，
在林荫道上来回
不安地游荡，当着落叶纷飞。（冯至译）

东方犹太人[1]

这片土地上我们的列祖[2]，
多才多艺的商人，
智慧的圣人（其后裔
已被神播撒到全世界，
如发疯的尤利西斯往犁沟撒盐）[3]：

我发现你们无处不在，
不可计数如大海的沙，
你们这硬着颈项[4]的一群，
可怜又坚韧的人类种子[5]。

1947 年 2 月 7 日

1 在纳粹德国，东方犹太人（Ostjuden）是非犹太人和德国犹太人对生活在俄国、波兰的犹太人的称呼。

2 “这片土地上我们的列祖”，与基督教祈祷文《我们的父》第一句“我们在天上的父”形成对比。

3 参看《荷马史诗》中的情节：尤利西斯不愿参加希腊远征军，故意用盐播种，佯装发疯，却还是被人识破。

4 “硬着颈项”，《圣经》中形容犹太人的常用词。如《历代志下》第三十章第八节：“现在不要像你们列祖硬着颈项，只要归顺耶和华，进入他的圣所，就是永远成圣的居所，又要侍奉耶和华你们的神，好使他的烈怒转离你们。”

5 人类种子，“seme umano”，亦出现在但丁《神曲·地狱篇》中。

弗索利的日落[1]

我知道一去不返意味着什么。

透过铁丝网

我看见太阳落下并消陨；

我感到自己的肉身

被老诗人的诗句撕裂：

“太阳落下了还能再升起：

而我们，一旦短暂的光亮逝去，

只能在无尽的暗夜里永久沉睡。”[2]

1946 年 2 月 7 日

1 弗索利（Fossoli），在意大利中部城市卡尔皮（Carpi）附近，纳粹德国建立的囚犯转运营，莱维曾从这里被转运至奥斯维辛集中营。

2 参看古罗马诗人卡图卢斯（Valerius Catullus，约公元前84—前54年）《歌集》第五首中的诗句：

> 莱斯比娅，让我们尽情生活爱恋，
> 严厉的老家伙们尽可闲言碎语，
> 在我们眼里，却值不了一文钱！
> 太阳落下了还有回来的时候：
> 可是我们，一旦短暂的光亮逝去，
> 就只能在暗夜里沉睡，直到永久。（李永毅译）

1946 年 2 月 11 日[1]

我一直在群星间找寻你
像个孩子一样询问它们。
为了你我问遍群山
可它们只给予我寥寥几次
孤独与短暂的寂静。
因为你不在那儿，那些长夜里
我心生狂妄的渎神意念：
这世界乃神的差错，
我自己是这世间的谬误。
而当我面对死亡，
我用每根神经大喊“不”，
我还未完成；
还有许多事要做。

因为你在那儿，在我前面，

你有我在你身旁，就像今天，

一个男人和一个女人在日光底下。

我回来了因为你在那儿。

1946 年 2 月 11 日

1 这是莱维写给妻子露西娅的诗。

冰川

我们停下脚步，放胆望向
底下那愁惨的绿色峡口，
我们胸中的勇气顿时消散，
如同失去了希望一般。
某种悲苦的力量在它里面酣睡 ；
当寂静的月夜降临，
它时而会尖叫长啸，
那是因为，它体形硕大行动迟缓，
躺在石床上做梦，
试图翻身却不得。

阿维利亚纳，1946 年 3 月 15 日

女巫[1]

长时间在毯子底下
她把蜡紧紧捂在胸前，
直到它变得柔软且温暖。
而后她起身，温柔而仔细地
用一只多情而耐心的手
为她心中的男人
雕刻出鲜活的肖像。
完成后，她将肖像
与橡树叶葡萄树叶橄榄树叶一起
投入火中，让火吞噬。

她感到自己将痛苦而死，
因为咒语起效了。

唯有此刻她才能哭。

阿维利亚纳，1946 年 3 月 23 日

1 这首诗取材于莱维的一位女助手菲丽丝·芳提诺（Felice Fantino）所讲的智慧女人的故事，这样的故事流传于皮埃蒙特乡村。

阿维利亚纳

天可怜见那些辜负月圆的人，
一月仅有一次月圆。
可恨这乡村，
可恨这愚蠢的圆月
平静祥和地照着
就好像你在我身边。

……甚至还有一只夜莺，
仿佛从上世纪的书里飞出；
可我把它赶跑了，
远远地，赶到水沟另一边：
它放声歌唱而我却孑然一身，
着实令人难以承受。

一群萤火虫，我任其飞舞

（它们聚集在小路上闪烁）：

并非因为你们名字相似[2]，

而是由于这小生灵如此温柔可人

让所有烦忧烟消云散。

如果有一天我们想分离，

或有一天我们想结婚，

我希望日期落在七月，

萤火虫无处不在，

就像今晚这样，当你不在我身边。

1946 年 6 月 28 日

---

1 这是莱维与后来的妻子露西娅约会期间写给她的诗。阿维利亚纳（Avigliana），都灵省的一个市镇，莱维曾在此工作。

2 莱维妻子的名字“露西娅”（Lucia）与意大利语中的“萤火虫”（Lucciole）发音相似。

等待[1]

这是有闪电而无雷鸣的时辰，
有声音，却无人听见，
睡眠不安，醒觉也徒然。
朋友们，让我们莫忘那些岁月里
从容而长久的静默，
夜晚温馨的街道，
沉静的冥想，
当树叶还未掉落，
当天空还未再次关闭，
当我们门前走过的
熟悉的沉重铁靴声
还未再次惊醒我们。

1949 年 1 月 2 日

1 这首诗是莱维为普珥节（Purim）而作。普珥节是犹太教节日，为纪念和庆祝古代流落波斯的犹太人战胜哈曼的种族灭绝阴谋。庆祝方式包括饮酒、欢宴、集体歌唱、跳舞、集会放烟花、盛装假面、向穷人施舍和互赠食品。

墓志铭[1]

你啊，路过此山的旅人，
在这不再孤独的雪上留下痕迹的众人之一，
请听我说：在此稍停片刻
正是在这里同志们将我埋葬，眼中无泪：
在这里，每个夏天，受我滋养的青草
长得葱郁茂盛胜过别处。
我，游击队员米卡，在此躺卧没几年，
因并非小罪被同志们处死，
死亡的阴影袭来时，我再不能逃脱。

路过的人啊，我不寻求你们宽恕，
也不寻求祈祷、哀悼或特别的纪念。
我只求一事：愿我的这份安宁能长存，

愿热与冷在我上面无尽地交替，
莫让新的鲜血渗过土层
带着它致命的温热抵达我，
给这些久已化为石头的骨骸唤来新的苦痛。

1952 年 10 月 6 日

---

1 莱维被捕前夕，曾亲眼目睹两名游击队员被自己的同志处死。

乌鸦的歌（二）

“你还有多少时日？我已算过了：
少而短，且每天都满负忧愁；
焦虑于无法逃避的夜晚，
无处可给予你庇护；
忧惧于随后而来的黎明，
你等待我，我也等待你，
而我（无望，无望逃避！）将追赶你到地极，
骑乘你的马，
用我的微小黑影
遮暗你的轮船甲板，
坐在你坐的桌旁，
必在每个港口拜访你，
定在每次休息陪伴你。

“直到预言的皆成真，

直到你的气力衰竭，

直到你也如此终结：

不是砰的一声而是无声无息[1]，

如同十一月的树被剥光了叶子，

如同有人发现一座停摆的钟。”

1953 年 8 月 22 日

1 参看 T. S. 艾略特《空心人》：“世界就是这样告终的 / 不是砰的一声而是一声抽泣。”（赵萝蕤译）

他们一百人

他们是武装的一百人。

当太阳升起，

他们齐步向前。

时间流逝，无声无息：

他们目光坚定不移。

当钟声敲响，

他们齐步向前。

就这样白天过去，夜晚来临，

但是当第一颗星绽放在夜空，

他们一道，迈步向前。

“后退，别靠近，不洁的鬼魂：

回到你们古老的暗夜去。”

但无人回应；他们反而

将我围拢，齐步走来。

1959 年 3 月 1 日

致阿道夫·艾希曼[1]

风自由不羁穿行于我们的原野，
大海生生不息永恒拍打我们的沙滩。
人肥沃土地，土地予人花与果：
他活在劳苦与喜乐中；他盼望，恐惧，生养众多。

……而你来了，我们的宝贵敌人，
遭弃绝的造物，被死亡包围的人。
如今你还能说什么，在我们的集会前？
你要对神起誓？何种神？
你要欢喜地跳进坟墓？
或你要到最后，像个勤奋工作的人，
叹息生命太短，而艺术太长，
惋惜你的工作未完成，

一千三百万人依旧存活？

死亡之子，我们不愿你死。

愿你比活过的人活得更长：

愿你无眠地活过五百万个黑夜，

愿你每夜被所有人的苦难造访，他们曾看见

大门在身后关闭，挡住了回去的路，

黑暗四处弥漫，空气中填满死亡。

1960 年 7 月 20 日

---

1 阿道夫·艾希曼（Adolf Eichmann，1906—1962 年），纳粹德国高官，也是在犹太人大屠杀中执行“最终方案”的主要负责者，被称为“死刑执行者”。1960 年 5 月 11 日在阿根廷被逮捕，并被秘密运至以色列。1961 年 2 月 11 日艾希曼于耶路撒冷受审。同年 12 月艾希曼被判处有罪，1962 年 6 月 1 日艾希曼被处以绞刑。

最后显现[1]

我的心最最亲近你们的土地：
因此我接连给你们传递消息。
我伪装成各种奇异面目降落你们中间，
可你们所有人通通不认我。

我，一个逃亡的苍白犹太人，夜里叩你们的门，
赤着脚，衣衫褴褛，像野兽一样遭追捕：
你叫来警察，指认我为间谍，
并在心里说："就该这样。神意如此。"

我，一个疯狂老妇，来到你们面前，
浑身颤抖，喉咙里满是沉默的呼喊。
你说起血，念起将来的世代，

可从你们门后出来的，只有我的骨灰。

我，一个来自波兰平原的孤儿，
躺在你脚下，向你乞求面包。
可你害怕将来会遭我报复，
就转眼不顾，予我一死。

我装成一个囚徒、一个身披枷锁的奴隶而来，
被贩卖，遭鞭笞。
对这衣衫褴褛的活生生的人，你背过身去。
如今我作为审判的法官而来。此刻你可认得我？

1960 年 11 月 20 日

---

1 这是莱维对德国诗人伯根格伦（Werner Bergengrün，1892—1964 年）的诗《震怒之日》其中一节“最后显现”的翻译。“显现”（Epiphany），在《圣经》中特指神的显现。

上岸 [1]

幸福的是抵达港口的人，
将大海和风暴抛在身后，
他的梦已死或从未诞生；
坐在一家不来梅啤酒馆，
在炉旁饮酒，心绪平静。
幸福的是仿佛已熄火焰的人，
幸福的是如同河口沙砾的人，
他放下重担，擦擦额头，
在路边歇息。
他无所惧无所望无所盼，
只是定睛凝望落日。

1964 年 9 月 10 日

1　参看诗人海涅（Heinrich Heine，1797—1856年）诗歌《北海集》中的章节：

幸福的是安全抵港的人，
将大海及悲伤抛在身后，
此刻坐在不莱梅啤酒馆
如此暖和且平静。

莉莉斯[1]

莉莉斯，我们的第二亲属，
上帝创造了她
用造了亚当的泥土。
莉莉斯住在暗流中间，
随新月出现，
不安地飞过雪夜，
在天地之间徘徊不定。
她绕圈旋转，
突然间扑打窗户，
窗下有婴儿入睡。
她搜寻婴儿，企图扼杀他们：
因此你会在婴儿床头挂一个吊坠
上面刻有三个词。

但她所做的一切都属徒劳：她所有欲望。

她与亚当交配，在犯罪后，

却只生出

无形体的骚动鬼魂。

经书上这样写着：

她上半身是个迷人的女人；

下半身是鬼火和暗淡的光。

1965 年 4 月 25 日

1　有关莉莉斯的传说，见莱维著作《缓刑时刻》。

莉莉斯（Lilith）最早出现于苏美尔神话，同时记载于犹太教的拉比文学。在这些文学中，她被指为亚当的第一个妻子，也是世界上第一个女人，由上帝用泥土所造，因不愿伏在亚当下而离开伊甸园。上帝派天使去把莉莉斯带回来，但她不愿回来。上帝决定放弃莉莉斯，另造了夏娃。

在卡巴拉经典《光辉之书》中，莉莉斯被称为诱惑人类和扼杀婴儿的恶魔。为此，犹太人在婴儿的摇篮外围用白色涂料画上几圈圆圈以作保护，也为婴儿挂上护身符，上面写有上帝派遣追回莉莉斯的三位天使的名字，Snwy、Snsnwy、Smnglf。

起初[1]

人类弟兄，一年于你们显得太长，

一个世纪，如一座庄严的里程碑，

你们为生计而奔波劳碌，

疲倦，易怒，受骗，患病，迷惘；

听听吧，这些话里满有慰藉与嘲弄：

二百亿年前，

有一团璀璨的火球，

孤独而永恒，飘浮于时间与空间，

兼任我们的先父与行刑者，

它爆炸了，一切变化自此始。

甚至如今，这一灾难性逆转的黯淡回声

仍响彻在宇宙各极。

万物皆诞生于那一次痉挛：

拥抱我们又嘲弄我们的深渊，
生养我们又击倒我们的时间，
我们所爱的女人们的眼睛，
不计其数的恒星，还有
这只写作的手。

1970 年 10 月 13 日

1 这首诗写于宇宙“大爆炸”理论发表和讨论期间。起初，“Bereshit”，《圣经》第一个词。

西革拿街[1]

没有比这里更凄厉的街道了。
夜与雾笼罩；街灯微弱，
将破碎的暗影打在人行道上，
仿佛浸透了虚无，凝结了
虚无，却与我们相像。
也许太阳不再存在了。
也许将永远黑暗：然而
昴宿星团依旧在别的夜里笑着。
也许这就是等待我们的永恒：
不是父的怀抱，而是离合器，
刹车，踩离合，挂上一挡。
也许永恒就是交通灯。
也许最好如一只雄蜂，

一夜耗尽自己的生命。

1973 年 2 月 2 日

1　西革拿街（Via Cigna），位于都灵市。

暗星[1]

让人别再咏唱爱或战争。

宇宙因之得名的秩序业已消解；
天穹的星团俨然混乱的群魔，
全宇围困我们，盲目、残酷且陌生。
天空撒满恐怖的死太阳，
稠密堆积着破碎的原子，
从中只发散出绝望之重，
无能量，无信息，无粒子，无光；
光已沉落，被自身重负所伤，
而我们所有人类，虚妄地生与死，
天穹永恒地空自旋转。

1974 年 11 月 30 日

1　参看《科学美国人》(*Scientific American*)，1974 年 12 月期。1974 年 12 月，美国科学杂志提出宇宙“黑洞”理论。“暗星”（dark star）是理论设想的天体，逃逸速度等于甚至大于光速，发出的光无法摆脱天体引力的束缚，因此不可见。

告别

时候不早了，我的朋友们；
所以我不要你们的面包和酒了
我只要几许寂静的时刻，
渔夫彼得的故事，
这片湖水的麝香味，
古老的烧树枝气味，
海鸥饶舌的呼啸，
屋瓦上免费的金色地衣，
一张床，可让我独卧。
作为交换，我给你们留下这些无用[1]的诗行，
写下来只为给五六个人读：
我们要走了，各负心事离开，
因为，我刚才说了，时候不早了。

安圭拉萨，1974年12月28日

1　原文为“Nebbish”，意第绪语，意为“无用、愚蠢、笨拙的”。
2　安圭拉萨（Anguillara），意大利拉齐奥大区的一个镇，位于布拉恰诺湖畔。

普林尼[1]

别拦我，朋友们，让我起航。
我不会走远：只是去另一个岸；
我想近距离观察那黑云，
它形似松树，正从维苏威山上升起，
我想找到这奇异之光的源头。
侄子，你不想随我同去？好，就待在这儿做研究。
誊写昨天我交给你的笔记。
你无须害怕灰烬：灰烬摞灰烬，
我们本是灰烬，还记得伊壁鸠鲁[2]的话吗？
赶快，备好船，天已昏黑，
夜晚落在正午，一种从未见过的迹象。[3]
别担心，妹妹，我谨慎且专业，
光阴压弯了我脊背，但并未虚掷。

不久后我定会回来，只须给我时间

渡过海，观察此现象后返回，

明日为我的书写下新的一章。

我希望，我的书将长存几个世纪，

纵使我这副老皮囊里不停旋转的原子

溶解于宇宙的涡流，

或重生于一只鹰、一个女孩、一朵花中。

水手们，听我的：推船出海。

1978 年 5 月 23 日

---

1 普林尼（Plinio），这里指老普林尼，其侄子为小普林尼。生于公元 23 年（一说 24 年），古罗马百科全书式的作家，以其所著《自然史》而著称。公元 79 年 8 月 24 日，为获取维苏威火山爆发的第一手资料，他独自前往观察。肺部本来就不好的他吸入了过量的有毒气体，随即中毒身亡。

2 伊壁鸠鲁（Epicuro，公元前 341—前 270 年），古希腊哲学家，他认为万物都是由原子和虚空所组成，并且进一步修正、丰富和发展了德谟克利特的原子论学说。

3 指火山灰遮暗了中午的天空，宛如黑夜。

庞贝城的女孩[1]

因为痛苦为我们人人所共有，
我们仍能体会你的痛苦，瘦弱的小女孩，
当那个下午天空变黑，
你痉挛般地抓住你母亲
仿佛想重回母亲体内。
可全然无用，因为空气变成毒气
穿透你那四壁厚实的宁静房屋
（里面曾充满你的欢歌和赧笑）
渗过关闭的窗户找到了你。
多少世纪过去了，灰烬化为石头，
永远禁锢了你柔嫩的肢体。
以此你，扭曲的石膏模型，与我们同在，
无尽的痛苦，恐怖地见证了

诸神对我们骄傲的人类绝少眷顾。
而你远方的姊妹[2]什么也没留下，
这个荷兰小女孩被禁锢在四堵墙内，
书写她没有明天的童年：
她无声的骨灰被风吹散，
短暂的生命封存于残破的笔记本。
广岛的这个女学生什么也没留下，
被一千个太阳[3]的光印在墙上的影子，
沦为受害者，恐惧之祭坛上的牺牲品。
世间的强者，掌管新毒的大师，
悲哀而神秘的最后雷霆的守护人，
上天施予我们的苦厄已足够多。
在你按下按钮前，请停下来想一想。

1978年11月20日

---

1 庞贝城（Pompei）为意大利古城，公元79年维苏威火山喷发，庞贝古城被火山灰埋葬。据估计，当时庞贝及其附近有一万到两万五千人当场遇难。

2 指死于“二战”时的荷兰女孩安妮·弗兰克（Anne Frank），留有《安妮日记》一书。

3 指广岛核爆。

瓦伊纳·卡帕克

瓦伊纳·卡帕克（Huayna Capac），印加帝国皇帝，死于1527年，在佛朗西斯科·皮萨罗（Francisco Pizarro）首次登陆通贝斯（Tumbes）不久。据说，他的一位使者曾在西班牙人的船上用餐。此刻，瓦伊纳·卡帕克在弥留之际，听到了外国人到来的消息。

你有祸了，使者，要是你欺骗你年迈的君主。

根本没有你所描述的船，

比我的宫殿还大，受风暴驱动。

绝不存在你信口胡说的龙

身披铜甲，发光，长着银足。

你所说的大胡子武士不存在：他们只是鬼魅。

他们是你在梦与醒间，头脑中的虚假幻象，

也可能是一位神祇派他们来欺骗你；

这常发生在灾难时代，

古老的确定性崩溃，

道德遭否弃，信仰黯淡。

血腥的瘟疫并非他们带来；以前也发生过，

这不稀奇，也非凶兆。

我不想听你说了。召集你的奴隶们离开，

走下山谷，越过平原；

调停华斯卡尔与阿塔瓦尔帕的战争[1]，

他俩是我的血气之子，却彼此为敌。

停止这场血染帝国的内战，

以防狡诈的外国人从中渔利。

现在，他要黄金？给他一百斤。

一千斤。假如仇恨撕裂了这个太阳帝国[2]，

黄金将把仇恨注入世界另一半，

入侵者将在那里哺育自己的怪物。

给他印加的黄金：这将是最让人开心的礼物。

1978 年 12 月 8 日

1 华斯卡尔与阿塔瓦尔帕，是瓦伊纳·卡帕克的两个儿子。国王死后，两个儿子为争夺王权而爆发内战，最终阿塔瓦尔帕取得胜利。西班牙殖民者皮萨罗趁帝国内战之机入侵，印加帝国随之灭亡。

2 即印加帝国。

塞蒂莫的海鸥[1]

跨过道道河湾，年复一年，

这群天空之主溯河而上。

忘记了海浪与盐水，在汹涌的河口

狡猾又耐心地猎捕贪婪的螃蟹。

雏鸟比老鸟更果决，贪食

我们高贵人类的弃物，日渐肥硕。

它们在迷雾中搜索，

在懒散的树枝间探寻，

沾染了大路微温的气息，

悲哀地尖叫，痛苦地致意。

它们停在河口，在桥下筑巢，

附近是柏油堆和聚乙烯的残留。

它们曾飞离大海，不知向何处去，

被我们的富足所吸引。

此时它们在塞蒂莫上空盘旋不息：

遗忘了过去，它们翻捡我们的垃圾。

1979 年 4 月 9 日

1 1948 年起，莱维在一家名为 SIVA（Società Industriale Vernici e Affini）的油漆厂中工作，这家工厂于 1953 年搬到塞蒂莫托里内塞（Settimo Torinese）的郊区。塞蒂莫托里内塞，位于都灵省东北部。

天使报喜[1]

女人莫惊慌，当你看到我凶猛的外形：
我从很远的地方，匆匆飞来；
或许旋风吹乱了我的羽毛。
是的，我是天使，不是食肉的猛禽；
是天使，但并非像你们画里那样，
降落到另一时代预言另一位救世主。
我带来消息给你，且先等我喘口气，
缓和一下我对虚无与黑暗的厌恶。
在你里面沉睡的将摧毁众多人的睡眠；
他还未成形，但不久你将抚摸他的四肢，
他将拥有演讲的天赋和魅惑的眼睛，
他将宣扬仇恨，而所有人都会相信他。
他们将成群结队地跟随他，吻他的脚印，

欢呼而暴烈，在流血中高歌猛进。

他将把谎言带到最遥远的边疆，

他将用亵渎和绞架来布道。他将在恐惧中统治，总怀疑

水源处和高地的空气中有毒，

他将在婴孩明亮的眼中看到危机四伏。

他将在无餍足的杀戮中死去，播下仇恨的种子。

这就是长在你里面的种子。女人，欢喜吧。

1979 年 6 月 22 日

1 天使报喜（Annunciation）一般特指《圣经》中天使加百列向马利亚宣告救世主耶稣的诞生，而在这首诗里，天使宣告诞生的这个孩子，却让我们不禁想起希特勒等独裁者。

去山谷

四轮马车往山谷缓缓行进，

烟雾挂在树丛，苦涩地发蓝，

最后一只蜜蜂，徒然嗅着秋天的番红花；

崩塌的山石，淹在水中，无声地颤抖。

薄雾瞬时升起于落叶松林，仿佛受到召唤：

我追寻这薄雾，却徒劳无功，脚步沉重而蹒跚，

不久又将落雨：这个季节已走到尽头，

我们的半个世界蜿蜒走进冬天。

属于我们的所有季节行将结束：

我这尚未衰颓的身躯还会听从我多久？

生活与爱，为时已晚，

来不及凝望天空，理解这世界。

是时候俯身

走下山谷，沉默无言，

栖身于我们的烦忧之影。

1979 年 9 月 5 日

木头之心

我的隔壁邻居很顽强：

一棵长在翁贝托国王大街[1]的七叶树；

和我一般年纪，看起来却不像。

它怀抱麻雀和画眉，却不知羞，

四月，它抽芽长叶，

五月开出柔嫩的花，

九月呼呼生刺，刺多却不伤人，

枝叶间藏着闪亮的鞣质果栗。

它想冒充，可太天真：它渴望让人相信

它与它的山中兄弟不相上下，

掌管甘美的果实和珍稀的蘑菇。

它生活艰辛。每隔五分钟它的根

就被 8 路和 19 路电车碾轧而过；

被噪音聒聋了，它扭曲地生长，

仿佛想离开此地。

年复一年，它从满是甲烷的底土

吸收慢性毒素；

受到狗尿浇灌，

树皮裂纹塞满了

街道上的腐败尘土；

树枝下悬吊着枯萎的

永不会化为蝴蝶的菊花。

然而，它依旧以迟钝的木头之心，

感受并享受着季节变换。

1980 年 5 月 10 日

---

1 翁贝托国王大街（Corso Re Umberto），位于都灵市区，是莱维的出生地。

1980年7月12日[1]

请耐心些，我的疲惫的夫人，

耐心对待世事，

耐心对待你的旅伴，包括我，

从我落入你命运的那刻起。

这么多年过去了，请接受我这几行潦草的诗句

给你重要的生日。

请耐心些，我焦躁不安的夫人，

你备受碾压、销磨和剥蚀，

每天剥去自己身上一点点，

赤裸的肉身于是伤害你更多。

再不该独自生活了。

请接受这十四行诗句，

我以此粗陋的方式表达我多么爱你，

要是没有你我就不会活在这世上。

1980 年 7 月 12 日

1　莱维为妻子露西娅的六十岁生日而作。

黑色队伍[1]

还有谁能选一条更荒谬的路线？

在圣马蒂诺大道[2]有一座蚁丘

离电车轨道半米远，

就在车轮滚滚驶过的地方，

一个长长的黑色队伍展开：

一只蚂蚁同另一只碰头，

或许是为了探寻路线或运气。

简言之，这些愚蠢的姊妹

顽固，疯狂，勤劳，

在我们的城市中挖掘它们的城市，

在我们的道路上探索自己的道路，

它们匆匆爬行，毫不犹疑，

孜孜不倦于它们微渺的事务，

毫不在意

　　　　我不想写它们，

不想写这队伍，

不想写任何黑色队伍。

1980 年 8 月 13 日

---

1 “黑色队伍”，即蚂蚁群，出自但丁《神曲·炼狱篇》第二十六篇第三十四节：“在黑簇簇的队伍内，一只蚂蚁同另一只蚂蚁碰碰鼻子，说不定在问路，或是探询自己的前途。”（朱维基译）

在《这是不是个人》中，莱维描述了集中营中的囚徒夜间排便：“便桶前的队列，赤裸的脚踩在木头地板上的响声，演变成了另一种象征性的列队：那是我们，全身清一色的灰色，像蚂蚁那么小，又像能摘到星星那样高大，密密麻麻地一个挨着另一个，不计其数地麇集在整个原野上一直延伸到地平线……”（沈萼梅译）

在这首诗中，诗人看到一群黑蚂蚁在城市中建造自己的城市，一如犹太人不得不在奥斯维辛建造自己的城市。蚁群不倦忙碌的场景让诗人回想起集中营、受难者及自己。通过拒绝完成这首诗，诗人想打破这种“创伤”的封锁。重复三遍的“我不想写”，显露出诗人因难以承受这种记忆而采取的防御策略。

2 圣马蒂诺大道（Corso San Martino），位于都灵市。

自传

我曾是一个孩子，一位姑娘，一簇灌木，

一只小鸟，一条跃出海面的无声的鱼。

出自《恩培多克勒残篇》[1]

对你们讲话的我，像这世界一般古老。

在起初的黑暗里，

我爬出昏蒙的海沟，

躺在海底的腐物中间，

眼睛看不见，却已开始渴求光。

我用一千个极小的喉咙吞咽盐分；

我曾是一条鱼，光滑而敏捷。我避开罗网，

指给我的后代看螃蟹弯曲的爬行。

我曾高过塔尖，对天咆哮，

我的脚步声如雷霆，群山无不战栗

我庞大的身躯曾阻断山谷：
你们时代的山岩上仍存有
我遗留的不可思议的痕迹。
我曾是蟾蜍，对月吟唱如水的歌，
源源不断的饥饿感穿透树木。
我曾是轻率而胆小的鹿，
飞奔于今日已成尘土的树林，为自己的力量而欢喜。
我曾是陶醉的蝉，机警而可怕的大蜘蛛，
蝾螈，蝎子，独角兽与毒蛇。
我遭受过鞭打，
经历了寒冬酷暑，轭下的绝望，
推磨的驴子沉默的晕眩。
我曾是个少女，在舞会逡巡；
我是勘测员，考察这一圈的奥秘，
探究云和风变幻无常的道路：
我见过泪与笑，知道很多爱。
莫嘲笑我，阿格里真托的人，
倘若我衰老的身体上印刻有奇怪的标记。

1980 年 11 月 12 日

1 恩培多克勒（Empedocles，公元前490—前430年），古希腊哲学家，出生于西西里岛的阿格里真托（Agrigento）。他认为万物皆由水、土、火、气四者构成。“爱”使所有元素聚合，“冲突”使所有元素分裂，宇宙本身在绝对的爱和冲突之间来回摆动。他的遗稿多散佚，留有大约四百五十行哲学残篇。诗中引文为残篇中第一百一十七篇。

声音

声音永远沉默了，或自昨日起，或暂时静息；
你若努力听，仍能捕捉到那回声。
再也说不出话的嘶哑声音，
说了却再也说不出什么的声音，
以为说出了什么的声音，
说了却无人理解的声音[1]：
用合唱与鸣钹
走私意义给虚空。
以纯粹的喧哗
假装那静寂并非静寂。
我对你们说话，狂欢的朋友们[2]：
你们像我一样沉醉于词，
作为刀剑的词，毒药的词，

钥匙的词，撬锁的词，

盐、面具、忘忧草的词。

我们要去的地方，哑默

或耳聋。那是孤寂者和耳聋者的灵泊[3]。

　　你将不得不耳聋着，跑这最后一圈。

　　你将不得不孤身一人，跑这最后一圈。

1981 年 2 月 10 日

1　参看《这是不是个人》中："假如我们说，他们不会听；如果他们听，也不理解。"（沈萼梅译）

2　原文为法文"A vous parle, compaignes de galle"，是法国诗人维庸（François Villon）的《大遗嘱集》（*Le Testament*）中第 1720 行诗句。

3　灵泊（Limbo），出自但丁《神曲·地狱篇》，是地狱最外围的一圈，也是最后一圈。其中的亡魂不受审判，永远悬在半空，既不期盼，也不等候。

未竟之事

先生，请接受我

下个月的辞呈，

如果合适，就找人替代我。

我留下太多事没完成，

或因懒散或因现实困难。

我要告诉一些人一些事，

可我不再知道说什么和向谁说：我已忘了。

我还要献出一些东西，

一个睿智的词，一件礼物，一个吻；

我拖延了一天又一天。我很抱歉。

我要在所剩不多的时间里做这些。

我害怕自己忽略了重要客户。

我要探访

远方的城市、岛屿和荒原；
然而却不得不将其从计划中剔除
或托付给我的后继者。
我本要种树然而却没有；
给自己造所房屋，
或许不漂亮，但合乎设计。
最主要的是，亲爱的先生，
我心里有一本奇妙的书，
它会揭示许多秘密，
缓解痛苦和恐惧，
消除疑惑，赠给人们许多
泪与笑的礼物。
你会在我的抽屉里找到书的草稿，
在底下，与未完成的事务堆放在一起；
我没有时间将它写出，真是罪过，
此后我将主要投身于这项工作。

1981 年 4 月 19 日

游击队员[1]

你们在哪里，所有山谷中的游击队员，
泰山，卷毛，老鹰，闪电，尤利西斯？[2]
很多安眠在庄严的墓地，
幸存的人今已鬓发苍苍
给他们的孙辈追述
在记忆日渐模糊的那个年代
他们如何打破德军封锁，
而昔日的战场如今升起了滑雪缆车。
一些人买卖地产，
其他人啃国家养老金
或在市政委员会中添了皱纹。
站起来，老伙计们：我们永无复员之时。
让我们重聚，返回深山，

脚步蹒跚，气喘吁吁，膝盖僵硬，
众多冬天堆积于我们脊背，
对于我们，小道将陡峭难行，
床铺硬邦邦，面包干硬。
我们将彼此对视，恍若陌生人，
满腹猜疑，暴躁易怒，面色阴郁。
一如当初，我们将格外警觉
以防敌人在破晓时突袭。
何种敌人？人人皆为自身的敌人，
每个人皆被自己的边界撕裂，
右手是左手的敌人。
站起来，老伙计们，你们自我的敌人：
我们的战争永无完结。[3]

1981 年 7 月 23 日

1 原文为“Partigia”，是皮埃蒙特山区对“partigiano”的缩写，特指机动灵活、富有决断力的游击队员。莱维被捕前曾参加皮埃蒙特山区的游击队。写这首诗时，诗人已六十二岁，他召唤年老的游击队员加入一场新的战争，对抗岁月与他们分裂的自我。因为敌人不只在外部，也在内部。记忆与遗忘，仇恨与爱，彼此的战争永无止息。

2 皆为游击队员的秘密代号。

3 在《若非此时，何时》中，希腊商人莫多·纳乌姆曾说：“始终有战争。”

阿拉喀涅[1]

我要给自己再织一张网，
耐心地织。我有耐心还有点头脑，
有八条腿，一百只眼睛，
一千个纺丝的乳头，
我不喜禁食，
我喜欢苍蝇和雄蛛。
我会休息四天、七天，
躲在我的洞里，
直到我感到腹部变沉，
里面充满闪亮柔韧的黏丝。
我要给自己再织一张网，
与路人你扯破的那张网一样，
依照我模糊的记忆中

留下的蛛丝马迹。

我会坐在中心

等待一只雄蛛到来，

(它狐疑却被欲望冲昏了头)

填饱我的胃，同时

充填我的子宫。

天一黑，我将催促自己

加快速度，匆忙结丝，

给自己再织一张网。

1981 年 10 月 29 日

1 阿拉喀涅（Aracne）即蜘蛛。在古希腊神话中，阿拉喀涅是一位染料工的女儿，被女神雅典娜变成了蜘蛛。

2000

一千加一千：一道终点线，

一条白色羊毛绳，已不再遥远，

或红或黑。谁能预料？

先知非福。我们不被允许

询问这巴比伦数字。

1982 年 1 月 11 日

逾越节[1]

告诉我：这个夜晚如何
不同于其他夜晚？
告诉我，这个逾越节如何
不同于其他逾越节？
点上蜡烛，打开门，
让朝圣者进来，
无论是异邦人还是犹太人：
也许先知正隐藏在褴褛衣衫下。
让他进来与我们同坐，
让他聆听、畅饮、歌唱并庆祝。
让他品尝无酵苦面包、
羔羊肉、甜沙拉与苦草。
这是个特别的夜晚，

你把肘支在桌上，

因为诫命已定下，

恶转化为善。

我们彻夜重温

充满奇迹的古远历史，

因所有这些葡萄酒，

群山欢跃如山羊。

今夜智者、异教徒、愚人和孩子

互相提问问题，

时间反转方向，

今天流回昨天，

如河流徘徊于河口。

我们人人变成埃及的奴隶，

汗水打湿稻草和泥土，

凭干裂的脚跨过海：

你也如此，陌生人。

今年苦于恐惧和耻辱，

明年得着道德与公义。

1982 年 4 月 9 日

1 逾越节（Passover）是犹太人庆祝摆脱埃及人奴役、跨越红海的节日，庆祝方式包含一系列传统的犹太教仪式，如祝祷、吃无酵饼、重述逾越故事等。

闲置

向晚的码头黏糊糊、泛油彩的水上，
在许多新船之间，
一只旧船孤独地摇荡。
它的木头不洁，铁锈呈黄褐色，
船体阴郁地撞击码头，臃肿
如无所孕育的肚腹。
在水面下你可以看到
柔软的海藻，
蛀船虫与笨拙的藤壶
缓慢钻出的孔洞。
在晒热的甲板上，几点晒干的
白色海鸥粪，
被阳光氧化的焦油和无用的油漆，

褐色斑点，恐怕是人的粪便。

还有蜘蛛网；我不知道

蜘蛛也会在闲置的船上筑巢。

我说不出它们在猎捕何物，但它们定知道自己在干什么。

舵柄吱呀作响，慵懒地顺服着

阵阵细流的秘密幻想。

在阅遍世界的船尾，

一个名字与格言再也辨认不出。

但缆绳是崭新的，

黄色与红色的尼龙绳，紧绷、光亮，

以防这个疯狂的老太婆

突发奇想要去大海航行。

1982年6月27日

老鼹鼠[1]

这有什么奇怪？我不喜欢天空，
所以选择在黑暗中独自生活。
我生就一双挖掘的利爪，
内凹，带钩，却灵敏而坚韧。
此时我在草地下
无眠地穿行，无人发觉，
我从来感觉不到冷和热，
感觉不到风霜雨雪和昼夜，
眼睛对我不再有用。
我挖到多汁的根，
块茎、朽木、蘑菇丝，
若有大石挡道，
我就绕过，很辛苦却不慌不忙，

因为我总知道自己想去哪儿。

我挖到蚯蚓、幼虫、蝾螈，

时而一棵松露，

时而一条毒蛇，一顿美餐，

还有不知谁埋的宝贝。

过去我跟踪母鼹鼠，

一听到挖土声，

我就挖出一条道寻找她：

如今不再了；假如现在听到，我就调头远离。

可当新月初升，我就兴奋异常。

有时为了好玩我会突然跳出来吓狗一跳。

1962 年 9 月 22 日

---

1 参看莎士比亚《哈姆雷特》中第一幕第五场："说得好，老鼹鼠！你能够在地底钻得这么快吗？好一个开路的先锋！好朋友们，我们再来换一个地方。"（朱生豪译）

这首诗不禁让人联想起卡夫卡的小说《地洞》。

一座桥

不像其他的桥，
熬过了诸世纪的降雪
仍能让羊群跨过前往河流牧场，
让狂欢者从此处到达彼处。
这是一座特别的桥，
你可以停在桥中间，若你乐意，
俯察深处并自问
明天是否还值得活。
它呆滞又鲜活
且从不平静。
或许因为有一种毒
一种我不愿描述的古老恶意，
从空洞的桥墩徐徐滴下；

或由于，如守夜人所说，
这桥是一桩肮脏交易的产物。
所以你在此处看不到河水
平静地映照桥的跨距，
只看到波峰与涡流。
所以它一直遭沙砾磨蚀，
石头被冲刷着尖叫不息，
它奋力把两岸往外推啊推
试图打开地表。

1982 年 11 月 25 日

作品

看，完成了：再也不碰它了。

手中的笔此刻多么沉重！

不久前它还那样轻盈，

如水银般鲜活：

我只须跟随它，

它指引我的手

就像明眼人引导盲人，

就像一个女人领你跳舞。

此刻停下，作品已完成，

精心打磨，臻于完满。

若拿走一个词

它就会裂开个窟窿流出血清。

若增加一个词

它就会突兀如一颗丑陋的瘤。
若变动一个词它就会刺耳
如音乐会上一只狗吠。
现在怎么办？如何放手？
每诞生一篇作品你就死去一点。

1983 年 1 月 15 日

一只老鼠

一只老鼠不知从哪个洞口进来；
不像平常那样无声无息，
而是放肆傲慢，夸夸其谈。
它能说会道，拐弯抹角，居高临下：
它爬到书架顶端
开始给我布道，
引用普鲁塔克[1]、尼采和但丁：
汝不可蹉跎光阴，
巴拉巴拉，时不我与，
时间一去不复返，
时间即金钱，
不可空等时间，
因为生命短暂而艺术漫长，

它仿佛听到我背后
有辆生翼的镰刀战车匆匆驶近。
何等无理！何其傲慢！
惹得我喉咙冒烟。
一只耗子也懂何谓时间？
它厚颜无耻地给我宣讲
纯粹是浪费时间。
是老鼠就该给鼠群传道。
我叫他滚开：
何谓时间，我很清楚，
它进入了许多物理等式，
许多情况下甚至可以平方，
或负指数幂。
我能打理好自己的生活，
无须他者管制：
善首先始于自身。[2]

1983 年 1 月 15 日

1 普鲁塔克（Plutarcho，约公元 46—120 年），古罗马哲学家、历史学家，著有《希腊罗马名人比较列传》。

2 原文为拉丁文：prima caritas incipit ab ego。

守夜人[1]

“守望的啊，夜里如何？”[2]

“我听到猫头鹰重复着
空洞的预言音符，
蝙蝠捕猎时的尖叫，
池塘湿叶底下
水蛇嗞嗞作响。
在礼拜堂旁的酒馆打盹时，
我听到满含酒气的人声，
结结巴巴，怒气腾腾。
我听到情侣的絮语和笑声，
欲望释放时的气喘吁吁；
少年在梦中的低语，

其他人因欲望而辗转难眠。

我看见热气迸放无声的闪电，

我看见一个发疯的姑娘

分不清棺材与床榻，

夜夜饱受恐惧煎熬。

我听到一个孤独老人

与死亡搏斗时嘶哑地喘息，

听到一位被撕裂的妇人分娩，

一个新生儿的啼哭。

躺下入睡吧，市民，

一切秩序井然，今夜已过半。”

1983 年 8 月 10 日

1　原文为“Nachtwache”，纳粹集中营专用语，特指集中营里的德国守卫。

2　“守望的啊，夜里如何？”出自《圣经 · 以赛亚书》21:11。

龙舌兰

我无用也不美，

没有怡人的颜色和香味；

我的根吞吃水泥，

我的叶，叶缘生着刺，

尖如刀剑，为我警觉。

我缄默无声。我只说我植物的语言，

难以让你，人，理解。

这是一种过时的语言，

带有异域色彩，因我来自远方，

来自一个残酷的国度

其中满是烈风、毒气和火山。

我已等了多年来发送

我这株高举的绝望之花，

它丑陋、板滞、僵硬，却直指天空。

这是我们呼喊的方式，

明天我就要死了。此刻你可听见我？

1983 年 9 月 10 日

珍珠贝[1]

你，热血冲动，体形硕大，

对我的软体你所知多少

除了它们的味道？它们也能

感知冷与热，

海水中的纯净与杂质；

它们伸缩，遵循

内部无声的节奏。

它们饱餐时欢喜，饥饿时呼喊，

一如你，动如闪电的陌生人。

尽管我被禁闭于石质壳瓣中间，

我，一如你，也拥有记忆和感觉，

黏附在浅滩上，我是否占卜了天空？

我比你想象的更像你，

注定去隐藏秘密，

隐藏眼泪精子珍珠母和珍珠。

一如你，假如一块碎片损伤了我的外套膜，

我就日复一日地静静修补。

1983 年 9 月 30 日

1 珍珠贝（Meleagrina）是与可食用贝类不同的品种。

蜗牛

何故匆匆，你既已防卫严密？
是否只要有湿气和青草，
那里就成了最好之地？
为何奔跑，冒险奔跑，
既然你只需闭合就可寻得平静？
假如全宇危机四伏，
它懂得安静地封闭起自己，
隐蔽在白色外壳后，
否认这世界及其联系。
但当露珠沾湿了草地，
雨水松软了泥土，
所有小径都成了它的大道，
铺满了闪光的美丽泡沫，

在叶与叶、石头与石头之间搭上了桥。

它小心地游历，安全且秘密，

用伸缩的双眼——

优雅的对数函数——探路。

此刻它找到了伴侣，

战战兢兢地

将感官伸出壳外，品尝

双重之爱的羞怯欢愉。

1983 年 12 月 7 日

一个职业

你只须等待，备好钢笔：
诗句会在你周围嗡嗡响，如酣醉的飞蛾；
有一只飞近火焰，你捉住了它。
你确信还没完，一只还不够，
却已写下许多，你的工作就这样开始。
其他飞蛾争相到达你近旁，
排成圈或行，或规整或散乱，
简单而安静，听你号令：
你是主人，毋庸置疑。
如果一切顺利，你将它们排成队。
这工作不错，不是吗？历史悠久，
古老有六十个世纪却始终常新，
规则或严格或松弛，

或无规则，正如你所愿。

你感到自己有了好友陪伴，

不再闲懒，不再迷失，不再总是无用，

穿凉鞋披长袍，

身裹细麻衣，头戴桂冠。

只是不要认为这理所当然。

1984 年 1 月 2 日

飞奔

有岩石有沙子而没有水[1]
沙上点缀着他的脚步
数不清的脚步通往地平线：
他飞奔，虽无人追赶。
压碎的散落的石子
风蚀的岩石
遭严霜一次又一次撕裂，
有干燥的风而没有水。
没有水给他，
而他只需要水，
用水来洁净
浇灌残暴的梦
用不可能之水重造世界。

铅灰色无光的太阳

有天空有沙丘而没有水

幻觉制造的虚诞的水

流下的珍贵汗水

头顶无人企及的云滴下的水。

他发现一口井而后俯身，

把手伸进水中而水瞬间变红。

再没人会喝这水了。

1984 年 1 月 12 日

1　参看 T. S. 艾略特《荒原》中《雷的说话》：

这里没有水只有岩石
有石而无水，只有砂石路
砂石路迂回在山岭中
山岭是石头的全没有水
要是有水我们会停下来啜饮
在岩石间怎能停下和思想
汗是干的，脚埋在沙子里
要是岩石间有水多么好
死山的嘴长着龋牙，吐不出水来（查良铮译）

幸存者

致 B. V.[1]

自那时起，在不定的时刻[2]，
自那时起，在不定的时刻，
那痛苦回返：
直到它能找到人来倾听，
我里面的这颗心燃起火。[3]

又一次他看见同伴的脸
阴沉地显现于最初的光，
灰暗地笼罩在水泥灰中，
在迷雾中如此模糊，
在不安的睡眠中染着死亡之色：
夜里，在梦的重负下

他们的下巴翕动，
咂巴着一块不存在的萝卜。
“退后，离开这儿，被淹没的人，
走开。我不曾侵夺过任何人，
不曾抢过任何人的面包。
没有人替我死去。没有人。[4]
返回你们的雾中。这不是我的错，
要是我活着并呼吸，
又吃又喝又睡和穿衣。”[5]

1984 年 2 月 4 日

1 B. V. 指布鲁诺·瓦萨里（Bruno Vasari），他是“被驱逐者协会都灵分会”主席。瓦萨里曾在 1945 年出版了关于毛特豪森集中营的回忆录《死亡野营》，他认为集中营幸存者之所以能幸存，并非靠狡猾和残忍，而是靠道德的力量。而莱维在其著作《被淹没与被拯救的》中表达了不同的观点：最好的人都死去了，不好的人却活了下来。

2 原文引述为英文：Since then，at an uncertain hour。

3 这四句诗引自英国诗人柯勒律治（Coleridge，1772—1834 年）的长诗《古舟子咏》第七节：“自那时起，在不定的时刻，那痛苦回返：直到我的恐怖故事被述说，我里面的这颗心燃起火。”但莱维将第三句“直到我的恐怖故事被述说”改写为“直到它能找到人来倾听”。在此，找人“倾听”的希望胜过了“述说”故事的希望。在《这是不是个人》中，莱维曾写到自己的噩梦：“在我的家里，在我的亲朋好友中间，我有那么多东西要讲，这是一种强烈的难以表述的身心上的感受。但是我不能不发现，我的听众没有在听我说话，而且他们完全不感兴趣：他们胡乱地说别的，仿佛我不存在似的。”（沈萼梅译）

4 参看《被淹没与被拯救的》第二章《灰色地带》：“你不曾替代某个人……你没有偷过任何人的面包；但你仍无法驱除怀疑的阴影。”（杨晨光译）

5 参看但丁《神曲·地狱篇》第三十三篇第一百四十一节：“我相信你在欺骗我，因为勃兰加杜利亚没有死；他还在吃、喝、睡觉和穿衣。”（朱维基译）

大象

挖：你会找到我荒谬的尸骨
在这片积雪覆盖的地方。
我厌倦了驮载与跋涉，
我想念温暖和青草。
你会发现迦太基钱币与兵器
掩埋在雪崩下：荒谬，荒谬！
我的故事与历史皆荒谬：
迦太基和罗马与我何干？
我那美丽的象牙，我们以之为傲，
高贵，弯曲如新月，
如今残碎地与卵石躺在流水中：
它生来并非为了刺穿胸甲，
而是用来挖树根和取悦母象。

我们只为母象而战，

以聪明的方式，无须流血。

你想听我的故事吗？很简单。

狡诈的印度人诱捕并驯化了我，

埃及人给我套上镣铐卖了我，

腓尼基人给我穿上盔甲，

在我臀部安上塔。

真荒谬，我，一座血肉之塔，

坚不可摧，温和而可怕，

被驱使在这险恶的山中，

竟滑倒在我从未见过的冰上。

对于我们，一旦倒下，就无拯救可言。

一个英勇的独眼龙[1]试了很久

才用矛尖找到我的心。

对着落日下青灰的山巅

我发出我无用的

垂死的号叫："荒谬，荒谬。"

1984 年 3 月 23 日

1　“英勇的独眼龙”即汉尼拔（Hannibal），据说他在翻越阿尔卑斯山时染上了眼疾。本诗即采用死于汉尼拔之手的一头战象的口吻。

星际信使[1]

我看见有两只角的金星
轻柔地在天空航行。
我看见月亮上的山谷，
有三个形体的土星；
我，伽利略，人类之中第一次，
看见四颗卫星环绕着木星，
银河分解成
无数星团的新世界。
我看见，虽然我不信，不详的斑点
污染了太阳表面。
小望远镜是我造的，
我学识渊博，手也巧；
我打磨望远镜，对准苍穹，

如同发射石炮。

是我打开了苍穹，

在太阳灼伤我的眼睛前。[2]

　　在太阳灼伤我的眼睛前，

　　我不得不屈服说

　　我并未见我所见。[3]

　　将我禁锢在大地上的那位

　　并未释放地震和闪电，

　　他的声音低沉而平稳，

　　他有着每个人的脸。

　　每夜啃噬我的秃鹰

　　有着每个人的脸。

1984 年 4 月 11 日

---

1 《星际信使》是伽利略于 1610 年撰写的关于自己早期天文发现的科学论文。内容主要是伽利略在 1609 年通过望远镜对月球、木星的卫星及银河等的观测结果。

2 据说伽利略因为用自制的望远镜观察太阳而失明。

3 伽利略迫于宗教法庭的压力昧心否认自己的科学发现。

给我们

给一些东西让我们摧毁，

一朵花，一个安静的角落，

一个教友，一个法官，

一座电话亭，

一个记者，一个叛徒，

一个敌对阵营的支持者，

一根灯柱，一个井盖，一个长凳。给一些东西让我们损毁，

一面石膏墙，蒙娜丽莎，

一片挡泥板，一座墓碑。

给一些东西让我们强暴，

一个腼腆的姑娘，

一个花坛，我们自己。

别小看我们；我们是先驱，是先知。

给我们一些东西来焚烧、攻击、粉碎、割裂、诽谤，

好让我们有存在感。

给我们一根警棍或一杆纳甘步枪。

给我们一支注射器或一辆铃木车。

怜悯我们。

1984 年 4 月 30 日

对弈（一）

只有她总与我为敌，

这可恶的黑色王后，

在保卫她笨拙的王时

她与我一样神经紧张。

当然，我的王也同样笨拙和懦弱：

从一开始他就蜷伏

在一排勇敢的兵后面，

在棋盘上来回躲藏，

荒唐可笑，步履蹒跚：

王不适合战争。

可我适合！

无法想象对弈中没有我！

车与马确实厉害，可我更强！

我又快又狠，直走又斜行，

像投石机一样抵达远处，

我冲破他们的防御；

他们这些诡诈自大的黑棋子

不得不低头认输。

胜利如酒般醉人。

此刻棋局结束，

技艺和仇恨已用尽。

我们无论强弱，无论智愚，

被一只大手一扫而光。

白子黑子混杂一起，没了生气，

像哗啦响的碎石一样被投进

一个黑暗的木盒，

最后盖上盒盖。

何时才能玩下一场游戏？

1984 年 5 月 9 日

虔敬[1]

虔敬的牛才怪。强迫下的虔敬，
非我意愿的虔敬，违逆天性的虔敬，
田园牧歌[2]的虔敬，委曲求全的虔敬。
得需多大勇气才敢称我为虔敬
甚至还为我写诗。
你很虔敬，教授，
你精通希腊语拉丁语，荣获诺贝尔奖，
用花枝叩开了关闭的门。
没有比这更好的了[3]
当我钻进牛轭，你想象我多么愉快。
当他们强迫我虔敬时，你若在场
将不再想写诗，
失去煮肉为食的欲望。

在这草地上，你竟以为我看不见

我那饱食的兄弟，吼叫着直起身

抖动下身给我的姊妹奶牛授精？

哦，gewalt！前所未有的暴力[4]，

强迫我非暴力的暴力。

1984 年 5 月 18 日

1 参看卡尔杜齐的诗句："我爱你，虔敬的牛。"

意大利诗人卡尔杜齐（Giosueé Carducci，1835—1907 年，1906 年获诺贝尔文学奖）的著名诗歌《牛》，全诗如下：

我爱你，哦忠诚的牛；向我心中
你注入柔和的勇气与宁静，
哦你像一座纪念碑那样庄严
你望着广阔而富饶的平原。

啊，你高兴地钻向牛轭
让人的劳作轻松；
他催你鞭你，你的回答
仍是眼含沉静脚步慢而沉着。

宽大湿润的黑鼻孔里喘着粗气
那是你的灵魂，像一首欢快的歌曲
晴空里一声吼叫慢慢消失；

庄重的蓝色大眼含着质朴温顺
映出广袤安静
绿色田野的神圣。（刘儒庭译）

需要指出，《不定的时刻》曾获得卡尔杜齐奖。讽刺的是，他的这首诗却是对卡尔杜齐诗歌《牛》的反讽，诗里温顺的动物变成暴力的受害者。1984 年，莱维在一次访谈中谈道，"每个动物都是象征，展现出人类的邪恶与道德"。

2 原文为阿卡狄亚（Arcadia），为古希腊伯罗奔尼撒半岛中部一个地方，其居民过着田园牧歌般的生活。后"阿卡狄亚"被引申为世外桃源、有着田园牧歌式生活的地方。

3 原文为法语：Faute de mieux。

4 Gewalt 在德语中是"暴力"的意思；在意第绪语里，Gewalt 主要作为一个感叹词，表达极端的绝望的抗议。

对弈（二）

……那么你想在游戏中局，

在这场游戏行将结束时，

改变游戏规则？

你很清楚这不允许。

在威胁下王车易位？

甚或，如果我猜得对，

你想悔棋？

不行，一旦坐在棋盘前

你就接受了这些规则。

摸到哪个棋子就该走哪个棋子：

我们玩的是严肃的游戏。不许讨价还价，不可糊弄和作弊。

快走棋，你的时间不多了；

难道你没听到棋钟嘀嗒而逝？

既如此，为何还坚持玩这游戏？

要预测我的下一步棋，

你需要别样的才智。

一开始你就明白

我实力远超过你。

1984 年 6 月 23 日

辑二

其他的诗

1984 年 9 月—1987 年 1 月

致缪斯

邋遢的缪斯，懒惰的缪斯，

长角的淫荡的缪斯[1]，

有一百个角的缪斯，

无头无尾的缪斯，

过时的缪斯，

为何你绝少光顾我？

你看我多么委顿，

麻醉、沉沦、头上长角，

我胸有千钧，落笔却成空；

我的思想产生之处，

我感到一种从未有过的撞击、

烧灼与创痛。

那里有的好像不是诗，

而是扯淡和废话。

倘若你不开始工作，

下回你会发现

你的诗人疯了、死了或完了。

1982 年 9 月 5 日

1 头上长角，意为“被戴了绿帽子”，自嘲诗神不光顾自己。

伽伐尼的房屋[1]

我的大师喜欢青蛙：
每天晚上他打发我去雷诺，
可他从不把它们交给捷吉亚去油炸。
他不去照顾病人，
而是把青蛙挂在阳台栏杆上，
剥去青蛙皮，用钉子折磨它们，
花一天时间观察它们跳舞，
然后用拉丁语写论文：
谁知道他想从中得到什么！
我不得不每晚在他旁边打下手，
手拿灯笼、滤网和篮子。
我必须得说：这工作可不新奇。
另一个人，来自斯坎迪亚诺镇，

对，就是他，神父斯帕拉捷[2]：

他也派我出去找青蛙，

但他不是把青蛙挂在栏杆上，

而是把雄蛙与雌蛙放一起，

给雄蛙穿上小裤子，

这样它们就再不能交配：

而他竟宣称自己是基督徒！

大师几乎都是疯子。

1984 年 5 月 3 日

---

1 路易吉·伽伐尼（Luigi Aloisio Galvani，1737—1798 年），意大利医生、物理学家与哲学家，在意大利博洛尼亚出生和逝世。1780 年，他发现死青蛙的腿部肌肉接触电火花时会颤动，从而发现神经元和肌肉会产生电力。

2 拉扎罗·斯帕拉捷（Lazzaro Spallanzani，1729—1799 年），意大利博物学家、医生和生理学家，出生于意大利斯坎迪亚诺镇。为了研究动物受精问题，他找来一对青蛙做实验。他为雄蛙穿上一种特殊的紧紧贴身的“裤子”。交配后，虽然雌蛙产下许多卵，但没有一个卵能发育。而当一些卵与保留在裤子上的精液接触后，正常的发育便开始了。这样，斯帕拉捷就发明了一种人工授精方法。

十项全能运动员

相信我，马拉松不算什么，
链球和举重也是：没有哪项运动
能与我们的比赛相比。
的确，我赢了：我比往日更出名，
但我却更老更疲惫了。
我如雄鹰般飞跑四百米，
毫不顾惜身后的人。
他是谁？无名小辈，菜鸟，
以前从没见过，
来自第三世界的失败者，
但在你身旁奔跑的人总是如梦魇。
我真想打断他的脊骨，
欣赏着他的痛楚，我不再感到疼痛。

撑竿跳不那么容易，
幸运的是，裁判未发现我作弊，
给我记下了五米的好成绩。
标枪使我暗自欣喜；
无须将其投向天空。
天空空无一物：你为何想刺穿它？
只须想象，草地边缘有一个
你想杀死的男人或女人，就足矣，
于是标枪变成长矛，
嗅到鲜血，飞到更远。
一千五百米跑，我不知怎么向你描述；
我忍着恶心奔跑，
抽筋，难受，绝望，
害怕自己因心脏骤停而抽搐。
我赢了，但付出了很高的代价：
接下来，我这个内心崩溃的老手，
抡起像铅一样重的铁饼，
铁饼粘上了我的汗从手中滑脱。
你从看台上嘘我，
我听得响亮而真切。

可你期待看到什么?

你还要求我们什么?

离开空气飞行?

用梵文写首诗?

数到圆周率最后一位?

慰藉受创痛者?

因怜悯而行动?

1984 年 9 月 4 日

灰尘

多少灰尘盘踞在
紧张的生命薄纱上？
尘土无重量无声响，
无颜色无目的：它遮蔽，否定，
抹消，隐藏，麻痹；
它不杀戮却抑制。
它没死只是睡着。
它怀抱千年古老的孢子
孕育将来的伤害，
微小的蝶蛹等待
裂开、腐烂、分解：
混乱无序的伏兵，绵绵不绝，
准备发动未来的袭击，

无声的信号一响起，

无力者将变得有力。

可它也拥有各样的种子，

休眠的种子将长成思想，

每个里面都充满一个宇宙

无法预知、崭新、迷人而陌生。

因此请尊重并敬畏

这无形的灰色覆盖物：

它包含恶与善，

危险，还有许多已写下的东西。

1984 年 9 月 29 日

一处山谷

有一处山谷只有我知道。

要到那里不容易。

谷口有巨石，

树丛，隐秘的浅滩与湍流，

路上只有隐约的足迹。

大多数地图都没有标示；

是我独自一人探寻到路，

有许多年

我常常在其中迷路，

可这并非浪费时间。

我不知谁先到的那里，

也许有几个人，也许没有：

这没关系。

石壁上留有痕迹，

一些很美，可全都很神秘，

一些显然并非出自人之手。

谷底有山毛榉，桦树，

高处长着落叶松和冷杉

瘦削如常，当春天来临，

第一只土拨鼠欢腾，

春风窃取众树的花粉。

更高处有七片湖，

湖水一尘不染，

纯净，漆黑，冰凉，深邃。

在此高处植物

不再生长，但在山坳处

挺立着一棵坚强的树，

茂盛而青翠，

还不曾有人为它命名：

也许是《创世记》里的那棵树。

它四季开花又结果，

即使大雪压弯了树枝。

它的树干上带着古老的伤疤，

一滴苦涩的黑色树脂
滴下，万物俱忘。

1984 年 10 月 29 日

备忘录

在像这样一个夜晚，
北风呼啸，雨雪交加，
有人在电视前打盹，
有人决定抢银行。

在像这样一个夜晚，
在光穿行五日才可抵达的远处，
有颗彗星向着我们头顶坠落，
它来自深邃莫测的黑暗子宫。
仿佛出自乔托[1]的画作；
带不来幸运或灾异，
但会带来远古的冰，或许还有一声回应。

在像这样一个夜晚，
有个半疯的老人，
白天他是个勤勉的磨坊主，
但他的白天不同于我们的白天，
而此刻他躺在米兰新门喝酒。

在像这样一个夜晚，
有个男人躺在一个女人身旁，
感到自己失去了重量，
明天失去了重量，
要紧的是今天而非明天，
时间之流骤停于此刻。

在像这样一个夜晚，常有女巫
挑选毒芹和草苷
趁月明时采集，
而后在厨房烧饭。

在像这样一个夜晚，
在马托蒂路[2]有个异装癖者

想献出肺和肾，

清空自己变成女人。

在像这样一个夜晚，

七个年轻人身穿白衣，

其中四人抽着烟。

他们在设计一条长长的通道

发送大量快如光速的质子：

假如成功了，世界将爆炸。

在像这样一个夜晚

一个诗人紧锁眉头搜寻一个词

它能包含台风的力量，

血与种子的秘密。

1984 年 11 月 14 日

1 乔托（Giotto，约 1266—1337 年），意大利文艺复兴时期画家，佛罗伦萨画派创始人。

2 马托蒂路（Corso Matteotti），位于米兰市区。

放不下的负担

我不愿扰动宇宙。[1]

我想，若可能，

安静地跨越边界，

脚步轻悄如走私者，

像一人从宴会溜走。

无须尖叫地停止

肺倔强的搏动，

对这可爱的心脏，

无节奏的普通音乐家说：

“在二十六亿次跳动后，

你一定也累了，所以谢谢，足够了。”

若这有可能，如我所说；

若非因为那些留下来的人，

未完成的工作

(生命皆未完成),

这世界的转动与创伤；

若非因为太多未释的负担,

过去的欠债,

那些古老的不可免除的义务。

1984 年 12 月 10 日

1　参看 T. S. 艾略特诗歌《阿尔弗雷德的情歌》中："我敢扰动整个宇宙吗？"

白白死去之人的歌[1]

请坐下来谈判
如你们所愿，老谋深算的政客们。
我们会把你们围堵在华丽的宫殿，
让你们好吃好喝好睡，
好让你们讨论和谈判
我们和你们孩子的生命。
愿创世的一切智慧汇聚
赐福于你们的头脑，
引你们走出迷宫。
而我们会在外面的寒风中等待，
白白蒙难的死亡军团，
我们来自马恩河和卡西诺山[2]，
来自特雷布林卡，德莱顿和广岛[3]：

与我们一起的还有

死于麻风病与沙眼病的人，

布宜诺斯艾利斯的失踪者[4]，

柬埔寨的死者和埃塞俄比亚垂死的人[5]，

布拉格的谈判者，

加尔各答倒在血泊中的人[6]，

博洛尼亚被屠杀的无辜者。[7]

你们有祸了，倘若你们未达成协议：

我们将紧紧抱住你们不放。

我们不可战胜因为我们已被打败，

我们受不到伤害因为我们已死去：

我们嗤笑你们的导弹。

坐下来谈判

直到你们口干舌燥：

假如毁坏与羞耻不停止，

我们将用我们的腐败物溺死你们。

1985 年 1 月 14 日

1 这首诗写于美国和苏联关于削减核武器的谈判期间。

2 马恩河战役，发生于第一次世界大战期间，英法联军和德军共伤亡约五十万人；卡西诺山地之战，指 1944 年 1—5 月在意大利中部战役中盟军同德军展开的四次激战，交战双方共死亡约五万人。

3 特雷布林卡集中营，纳粹德国修建的灭绝营，位于波兰东北部，约八十万犹太人在此遇害；德莱顿大轰炸，指 1945 年 2 月 13 日到 15 日两天内，英美联合空军对德莱顿的大轰炸，他们投掷了大量燃烧弹和烈性炸药，致使约三十万人死亡；广岛核爆，导致二十多万人遇难。

4 1977 年阿根廷发生军事政变，成立了军人独裁政府，该政权在其后的白色恐怖时期大肆逮捕异议人士，全国失踪者达三万人。

5 柬埔寨在红色高棉统治时期，全国三分之一的人口被处决；1983 年至 1985 年，埃塞俄比亚发生了大范围饥荒，超过四十万人死亡。

6 指 1946 年 8 月 16 日发生在印度加尔各答的宗教大屠杀，印度教徒与穆斯林教徒互相杀戮。

7 博洛尼亚大屠杀，指 1944 年发生在意大利博洛尼亚地区农村的纳粹大屠杀。

解冻

等到雪全部融化，
我们会找出原来的小路，
它掩藏于荆棘丛
在修道院墙后；
万物将恢复如初。

在茂密的石楠两侧
我们会找到一种低矮的药草，
它的名字我已想不起：
每个星期五我记得，
可一到星期六就忘之脑后；
听说它很珍稀，
能治疗抑郁。

蕨类植物铺满小路
柔软纤弱，就像小动物：
它们很少将螺旋形卷发
探出地表，但它们已准备追寻
那易变的绿色之爱，远比我们的爱复杂。

它们的雄性与雌性种子
在生锈的孢子囊中
反复啮咬闸门。
它们将随第一场雨爆发，
在第一滴水中畅游，
热切而活泼：新婚万岁！

我们厌倦了冬天。
严霜的啃噬留痕于
肉体、心灵、泥土和树木。
让解冻到来，融化掉
对去年冬雪的记忆。[1]

1985 年 2 月 2 日

1　参看《休战》第一章《解冻》中："罪恶的标记将永远留在我们心上，留在见证了罪恶的记忆中，留在犯下罪恶的地方，留在我们将讲述的故事中。"（杨晨光译）

参孙

一位不孕的母亲怀了我，

一个相貌可畏的使者

宣告了我的诞生。

我乃太阳之子，自身亦是太阳；

我拥有太阳的大能

集聚在我健壮的腰身。

我，太阳与野兽，

杀敌成千，

拆毁门撕碎锁链，

掳走女人烧毁禾稼，

直到一个非利士女人大利拉

削去我的头发和力气，

扑灭我眼中的光：

如何与暗影搏斗？

我的头发长回来了，

我凶暴的力量也随之而来；

可我已不愿活着。

大利拉[1]

亭拿的参孙，反叛者，
排山倒海的犹太人，
在我温柔的手中
如黏土一般乖顺。
轻而易举就打探出
他虚妄之力的秘密：
我恭维他哄诱他，
让他枕着我的膝睡觉。
体内仍充满他外族人的种子，
我蒙蔽他而后剃除他的发绺，
夺去他腰身的力量。
看到他身披锁链，
我的愤怒与欲望

从未得到过如此平静，

即使当我感到他进入我时。

如今让他面对命运吧：与我何干？

1985 年 4 月 5 日

1　关于《参孙》与《大利拉》两首诗，可参阅《圣经·士师记》中参孙与大利拉的故事。

机场

这是传送中的人类样本，

仿佛受到随机挑选

供一位外来的买主检验。

富人穷人，胖子瘦子，

印度人，黑人，白人，病人，孩子。

传送中的人在做什么？

无足轻重，

在座位上聊天，睡觉，吸烟：

买主会怎么说？他会开价多少

给那个身穿紧身裤的七十岁妇人？

给那胡言乱语的一家八口，

祖父母、母亲、孙子和曾孙？

给那一家胖子

他们卡在扶手椅中间？
给烦透了外国话的我们两人？

我们出发了。坑洞似的大鸟
将每个人毫无差别地吸了进去：
通过伸缩客运廊
我们穿越阿刻戎河[1]。
它滑行，加速，聚力，
起飞，突然冲向天空
身体与灵魂：我们的身体与灵魂。
我们配蒙召升天[2]吗？
此时它飞入紫色黄昏
底下是无名的海洋之冰，
或黑云的篷幔，
仿佛我们这个星球
羞耻地藏起了脸。
此刻它飞着，带着低沉的轰鸣，
几乎就像有人在打桩
打入斯提克斯河[3]的沼泽；
眼下它沿着柔和、

流畅的空气跑道飞行。

夜晚无眠，但很短暂，

从未有过如此短暂的夜晚：

轻松愉快如最初一个夜晚。

在马尔本萨机场[4]，丽萨等着我们，

一副警觉而清朗的表情。

我认为这并非一趟无用之旅。

1985 年 5 月 29 日

---

1 阿刻戎河（Acheron），古希腊神话中冥府的一条河，也叫痛苦之河。亡魂必须由赫尔墨斯带领着，交给船夫卡戎过河费方能渡河，否则只能在岸边流浪。

2 依据天主教教理，蒙召升天（Assunzione）特指圣母玛利亚在完成了今世生命之后，肉身和灵魂一同被提升至天上。

3 斯提克斯河（Styx），古希腊神话中的冥河，也叫苦难之河、守誓之河、愤怒之河，是进入冥界的必经之路。

4 马尔本萨（Malpensa）距离米兰市中心四十八公里。

审判

——你姓名？——亚历克斯·辛克[1]。——哪里出生？
——纽伦堡，一座古老名城，
它名不虚传，公正的法官，
首先，因为那里颁布了某项法律，
与我们毫无关联[2]；
第二，因为一场充满争议的审判；
第三，因为我们那里生产了世界上最好的玩具。[3]
——告诉我你从事什么营生。
要如实说，在这里撒谎无益。
——我勤勤恳恳，公正的法官。
一砖一石，日积月累，
建立了一家现代企业。
最好的棉布，最优质的毛毡
都出自辛克公司。

我是个勤勉厚道的老板：
价格最公道，薪水最丰厚，
从未与客户起过争执。
最重要的是，如我刚才所说，
我们生产欧洲最好的毛毡。
——你们用的是不是优质羊毛？
——非常好的羊毛，公正的法官。
有松散的，有捆扎的，
黑色、棕色、褐色、金色的，应有尽有，
更多的是灰色和白色，
都被我垄断。
——取自哪些羊群？
——我不知道。我不关心：
我用现金收购。
——告诉我，你的梦可安宁？
——通常是这样，公正的法官，
尽管有时候，在睡梦中
我听到重重幻影痛楚的呻吟。
——退下吧，纺织老板。

1985 年 7 月 19 日

1 亚历克斯·辛克（Alex Zink），一个德国企业家，公司产品中明显使用了奥斯维辛集中营遇难者的头发。在这场审判中，他在法官面前为自己辩解。

在《被淹没与被拯救的》的序言中，莱维写道：“许多见证了集中营暴行的平民们，作为潜在的见证者，因为有意地忽视和恐惧，同样保持缄默。尤其在战争的最后一年，集中营所构成的巨大而复杂的系统广泛地渗透到德国的日常生活中，正像人们所说的‘集中营世界’，但这不是一个封闭的世界。大大小小的工业企业、农业合作社、代理商和军工厂借助集中营提供的免费劳力渔利……另一些企业通过集中营而获利——木材、建筑材料、犯人穿的条纹囚服、做汤用的脱水蔬菜等。”（杨晨光译）

2 指1935年9月15日在纽伦堡颁布的种族歧视法令，成为德国反犹种族主义政策的法律基础。

3 “首先”、“第二”、“第三”，原文皆为德语（Erstens、Zweitens、Drittens）。

贼

它们夜里出来，如一缕烟雾，

也常在光天化日之下行事。

无人看见，它们渗过

裂缝、锁孔，

悄无声息；不留痕迹，

不撬锁，不破坏。

它们是时间之贼，

流畅而黏滑，如水蛭：

它们喝掉你的时间而后吐出

就像倒垃圾一样。

你从未直视过它们的面孔。它们有面孔吗？

它们肯定有嘴和舌

还有微小的尖牙。

它们吸吮却不致疼痛，

只留下一道灰色伤疤。

1985 年 10 月 14 日

致我的朋友们

亲爱的朋友，我这里说的是
更广义上的朋友：
妻子，姐妹，同事，亲戚，
同学校友，
一面之缘的人
或时常谋面的人：
仿佛在我们之间，至少有一刻，
联结了一根弦，
一条清晰的线。

我对你们说，跋涉在熙攘旅途，
不免艰辛的同伴；
还有你们，失落了

灵魂、精神和生之渴望的你们；
或对无人或某人说，或仅对一人说，
或对正在读我的你说：记住这时辰，
封蜡尚未硬化，
我们每人皆似印戳。
我们每人都承载着
路上所遇朋友的印记。
在每个人的道路上。
无论善恶，
无论智愚，
人人皆被彼此标记。

由于时间催逼着我们，
任务已完成，
谨祝福你们所有人
愿秋天漫长而温和。

1985 年 12 月 16 日

托付

不要惊慌，倘若工作繁重。
我们需要你，因为你尚未倦怠。
你的感觉尚未麻木，仍能听到
自己脚下空洞的声响。
重新思考我们犯下的错：
在我们中间，曾有人
盲目地追寻，
如同被蒙上双眼的人反复勾画一幅草图，
有人像海盗一样起锚远航，
有人耗尽心力。
惶惑不安的你们，帮帮我们。试一试，尽管你们不安，
因为你们不安。看一看
我们的怀疑与信念

能否不再令你们反感和厌恶。
我们从未如此富足，可周围却
萦绕着不腐的恶魔，
它们饥饿难耐，伺机捕获。
如果你看到碎石废墟或
腐臭的垃圾场，不要害怕：是我们空着手将其清理
在我们像你们这样的年纪。
继续前进，尽你所能。我们
梳过彗星的鬃毛，
破译了创世的奥秘，
踏上了月球的沙地，
建造了奥斯维辛毁灭了广岛。
看：我们并非庸碌无为。
困惑的你们，肩起重担吧；
不要叫我们老师。

1986 年 6 月 24 日

八月

有谁留在这八月的城市?

只有穷人和疯子,

被遗忘的老妇,

养狗的退休人员,

贼,一些绅士和猫。

寂寥的街道上

你听到高跟鞋声嗒嗒不绝;

看见女人提着塑料袋

走在墙边长长的阴影中。

在水流静默的喷泉下

在藻类染绿的水池中,

有一个中年水仙女

高十点五公分:

只穿着一件胸罩。

几米上空

央求的鸽群

罔顾公共禁令

四处飞散，

从你手中偷走面包。

你听到正午的魔鬼沙沙作响，

无精打采，盘旋在天空。

1986 年 7 月 22 日

苍蝇

这里只我一个：

这是家清洁卫生的医院。

我是信使。

对我来说没有紧锁的门：

总会有一扇窗，

一道裂缝，一个锁孔。

我找到很多食物，

吃厌的人剩下的，

再不能吃的人剩下的。

我也以扔掉的药品为食，

因为什么都伤害不了我，

一切无不滋养、坚固、助益我；

高贵的与卑贱的东西，

血、脓、厨房垃圾：

我将其全部转化为飞行的能量，

我的工作如此紧迫。

那些垂死的和将死的人，

是我最后一个亲吻他们的嘴唇。

我很重要。我的低语，

单调乏味，惹人厌烦，了无意义，

将这世界独特的信息反复说给

跨过此门槛的人。

　　我是这儿的女主人：

　　唯有我轻松，自在，健康。

1986 年 8 月 31 日

单峰驼

为何如此多怨愤、争吵和战争？

你只须模仿我。

没有水？我没水也能行，

只是要小心别浪费气息。

没有食物？我从驼峰里取：

假如时间合适，

你也自己长一个。

要是我的驼峰松弛了，

我只需一些树枝和稻草；

绿草就属奢望和妄想了。

我声音难听？我几乎总是沉默的，

我若吼叫也没人听见。

我样子丑？可我的配偶爱我。

我们的母驼眼光挑剔，
能产出最好的奶；
也这样要求你的伴侣吧。
的确，我侍奉人，可这沙漠属于我：
凡侍奉者无不拥有自己的王国。
我的王国孤寂而荒凉；
无边无际。

1986 年 11 月 24 日

历书

冷漠的河流
将源源流向大海
或淹没河岸堤坝，
摧毁人类艰苦卓绝的古老创造。
冰川将继续尖叫着
削磨和侵蚀，
或用暴发的雪崩
削短冷杉的寿命。
大海将继续与围困它的陆地搏斗，
其财富越来越被陆地觊觎。
太阳恒星行星彗星
将继续航行。
地球也敬畏永恒不易的

创造之法则。

而我们不会。我们，叛逆的子孙，

精明又愚蠢，

将越来越狂热地

继续摧毁和败坏；

很快，我们就会将荒漠扩展到

亚马孙森林，

我们城市的心脏，

我们自己的心里。

1987 年 1 月 2 日

辑三

未结集的诗

基大利的歌[1]

你认不出我们了吗?
我们是“隔都”[2]的绵羊,
被修剪了千年,沦为受害者。
我们是裁缝、誊录员和合唱队指挥
凋萎在十字架的阴影下。
如今我们知道了森林里的路,
学会了射杀而我们却在靶子上。
若我不为我,谁人为我?
若不如此,如何?若非此时,何时?[3]
我们的兄弟已升上天空
穿过索比堡和特雷布林卡[4]的焚烧炉,
他们在空中给自己掘一座坟墓。[5]
只有我们少数人得以幸存

来纪念我们那些被淹没的人，
为复仇和见证。[6]
若我不为我，谁人为我？
若不如此，如何？若非此时，何时？
我们是大卫的子孙，马萨达堡[7]的抵抗派。
我们每个人兜里揣着
打烂歌利亚头颅的石头。[8]
兄弟们，离开死亡统治的欧洲：
我们将一同爬向那土地，
在他人中间重新成为人。[9]
若我不为我，谁人为我？
若不如此，如何？若非此时，何时？

1 基大利（Gedale），莱维在小说《若非此时，何时》中虚构的一位犹太诗人歌手，组成了“基大利之队”。

2 隔都（ghetto），特指“犹太人隔离区”。

3 此两行出自犹太《先贤篇》（Pirkei Avot）里第一章第14节：拉比希列（Hillel）常说，“我不为我，谁人为我？我只为我，我为何物？此时不为，更待何时？”

4 索比堡（Sobibor）灭绝营，位于波兰卢布林地区索比堡村附近，建于1942年3月，约二十五万犹太人在此遇害。

5 参看诗人保罗·策兰（Paul Celan）的诗《死亡赋格》：“他们在空中掘一座坟墓。”

6 参看《圣经·约伯书》第一章：“唯有我一人逃脱，来报信给你。”

7 马萨达城堡（Masada），是两千多年前犹太人在罗马人的进攻下坚守的最后一座壁垒，抵抗失败后，城堡中的九百六十七名犹太人选择了集体自杀。马萨达之后，犹太遗民开始了在世界各地长达十九个世纪的流浪。

8 参阅《圣经·列王记》中大卫用石块打死巨人歌利亚的故事。

9 参看以色列国歌《希望》中：“我们的心并没有死亡，两千年来唯一的希望：做个自由人再次回我的故乡。”

陌生人！[1]

无论你来自哪个国家，

看看这集中营的废墟。

思考，然后尽你所能，

这样你的朝圣

才不会白费，

我们的死才不会白费……

对于你和你的孩子，

奥斯维辛的灰烬是

一个警告。

行动吧，好让这可怖的

仇恨之果，

(你在此看到的遗迹)

永不生出种子

明天不，永远不！

---

1 2015 年，奥斯维辛集中营解放七十周年纪念时，幸存者罗曼·肯特（Roman Kent）读了这首诗。

译后记

对莱维诗歌的翻译，主要参考了乔纳森·加拉西（Jonathan Galassi）的英译本，露丝·费尔德曼（Ruth Feldman）与布赖恩·斯旺（Brian Swann）的合译本，并认真对照了意大利原文。这本译诗集，基本涵括了莱维生前所写的诗歌。需要说明的是，有一首诗《第一册地图集》，通篇是文字游戏，因译者能力有限，故弃之未收录进此译本（除非加大量注释）；还有一首《塞蒂莫的海鸥》，原文中有不少意大利地名，因感觉译出意义不大，遂不揣冒昧略去地名未译，对行文亦有所调整。为方便读者理解，译诗后附加了注释。原诗集本来有少量注释，但太过简单，译者做了补充，更多地来自译者对诗歌相关资料的查找和对莱维作品的阅读。谨希望该译本能作为一座桥，促进对莱维作品的深入研究。

图书在版编目（CIP）数据

不定的时刻：莱维诗选 /（意）普里莫·莱维著；武忠明译. -- 北京：中信出版社，2018.10（2022.8 重印）

ISBN 978-7-5086-8734-6

Ⅰ. ①不… Ⅱ. ①普… ②武… Ⅲ. ①诗集 – 意大利 – 现代 Ⅳ. ① I546.25

中国版本图书馆 CIP 数据核字（2018）第 044914 号

不定的时刻：莱维诗选

著　　者：［意］普里莫·莱维
译　　者：武忠明
出版发行：中信出版集团股份有限公司
（北京市朝阳区惠新东街甲 4 号富盛大厦 2 座　邮编　100029）
承 印 者：山东临沂新华印刷物流集团有限责任公司

开　　本：850mm×1092mm　1/32　　印　张：6.5　　字　数：126 千字
版　　次：2018 年 10 月第 1 版　　印　次：2022 年 8 月第 2 次印刷
书　　号：ISBN 978-7-5086-8734-6
定　　价：45.00 元

服务热线：400-600-8099
投稿邮箱：author@citicpub.com